Noel

ODE

SUR LA NAISSANCE
DE MONSEIGNEUR
LE DAUPHIN.

TANDIS que le Dieu de la guerre
Soufle aux Nations fa fureur,
Et de l'un à l'autre Hémifphere,
Vole, fuivi de la Terreur,
Que de fang les Mers fe rougiffent,
Qu'au bruit des vagues qui mugiffent
Répondent les cris des mourans,
Et qu'agitant fa torche ardente,
De Bellone la main fanglante
Lance au loin fes feux dévorans;

FRANÇAIS, Quelle vive allégreffe
Eclate à mes regards furpris?
Quel foudain tranfport, quelle ivreffe
Agite & trouble vos efprits?
Dans fon ardeur impatiente
Que veut cette foule bruyante
Qui précipite ainfi fes pas?
Pourquoi ces jeux que l'on apprête,
Ces chants, cet appareil de Fête
Parmi les horreurs des combats?

MARS, de concert avec Neptune,
Couronne - t - il nos étendarts ?
Devant les lys & leur fortune
A - t - on vu fuir les Léopards ?
De nos Guerriers ils font la proie ;
Mais d'une moins fenfible joie
Ce Peuple feroit animé :
Digne favori de la Gloire,
Aux triomphes, à la victoire
Le Français eft accoutumé.

QUELLE eft donc, quelle eft la merveille
Que m'annoncent ces mille voix ?
Quels cris portent à mon oreille
Le nom du plus chéri des Rois ?
O bonheur ! la tige immortelle
De nos BOURBONS fe renouvelle :
Enfin les temps font accomplis.
A nos vœux le Ciel favorable
Nous accorde l'appui durable
De l'antique Empire des Lys.

VIENS, ô Calliope, à ma Lyre
Prêter tes magiques accords,
Viens, & que ton brûlant délire
Echauffe mes jeunes efforts.
Mânes de Pindare & d'Alcée,
Qu'avec vous mon ame élancée
Soit admife au féjour des Dieux.
Ainfi l'Aiglon encor timide,
Apprend de l'Aigle qui le guide
A fixer l'Aftre radieux.

DANS l'Ether & loin des nuages
Sur un Char de flamme emporté,
Je vois à mes pieds les orages;
Mon front rayonne de clarté.
Fuyant les routes ordinaires,
Au-deſſus des Mondes, des Spheres,
J'erre d'un vol audacieux.
Mais du Deſtin le Temple s'ouvre;
Un Dieu m'y ravit, & découvre
Le ſombre avenir à mes yeux.

LES Doctes Filles de Mémoire,
Sur les murs du ſacré Parvis,
Ont pris ſoin de tracer l'hiſtoire
Du jeune héritier des Clovis.
Dans les exemples de ſon Pere,
Et dans les leçons de ſa Mere,
Des Rois il apprend le devoir,
Et ſous une humaine apparence,
Près de lui placés par la France,
Je vois l'Honneur & le Savoir.

QUEL eſt cet Enfant? eſt-ce Achille,
Qui parmi ces bijoux divers
Souleve d'une main débile
Ce glaive, effroi de l'Univers?
Il n'eſt pas ſorti de l'enfance,
Déjà ſa précoce vaillance
Voudroit moiſſonner des lauriers;
Bientôt ſon bras lance la foudre,
Elle éclate & réduit en poudre
Et les remparts & les Guerriers.

TEL on voit dans ſes eaux captives
Frémir un Fleuve mutiné,
Et battre à coups preſſés les rives
Qui le retiennent enchaîné.
Long-temps il bouillonne, il s'agite,
Contre l'obſtacle qui l'irrite
Il lutte armé de tous ſes flots;
Enfin ſon onde triomphante
Franchit la barriere impuiſſante
Qui s'oppoſoit à ſes aſſauts.

ICI Pallas de ſon Egide
Le protege dans les combats;
A ſes conſeils elle préſide,
Et par-tout elle ſuit ſes pas.
Là retraçant des meilleurs Princes,
Qui régnerent ſur nos Provinces,
La touchante ſimplicité,
Il juge au pied d'un chêne antique,
Ou, ſous un toît ſimple & ruſtique,
Il ſe trahit par ſa bonté.

PLUS loin, le Temple de la Guerre
Se referme enfin pour jamais :
Le Héros poſant ſon tonnerre
Rappelle les Arts & la Paix.
A l'Humanité qui reſpire,
Il rend ſes droits & ſon empire;
Sa main aime à ſécher ſes pleurs;
A ſa ſuite eſt la Bienfaiſance,
Et ſous les pas de l'Innocence
La terre ſe couvre de fleurs.

SUR son front pur & sans nuage
Tout un Peuple lit son bonheur,
Les cœurs volent sur son passage,
Et devant lui fuit le malheur.
A la Majesté de son Pere,
Il joint les graces de sa Mere,
Il est l'ornement de sa Cour.
Armé, c'est le Dieu de la Thrace,
C'est même taille, même audace;
Otez le casque, c'est l'Amour.

DANS un religieux silence
Approchons du royal Berceau
Qui porte l'espoir de la France......
Quel est ce prodige nouveau?
Des Français l'auguste Génie,
Et l'Aigle de la Germanie,
Planent sur lui du haut des Cieux,
Et de leurs ailes rayonnantes
Mille Phalanges éclatantes
Couvrent cet Enfant précieux.

CROÎS, jeune Lys, plante chérie,
Honneur de nos rians vallons!
La main de LOUIS, de MARIE
Te défendra des Aquilons.
Tel, sur le bord d'une onde pure,
Un Arbrisseau, de la Nature
Fait les délices & l'amour;
Un jour on verra son feuillage
De son hospitalier ombrage
Protéger les champs d'alentour.

Εἰς Γενέθλια τῦ Φαιδρότατε ΔΕΛΦῖΝΟΥ.

ἩΝΟΘΕ ΔΕΛΦῖΝΟΣ πατρίαν θαρσεσθαι ἀνώγω,

Εἰρήνης τε λαβεῖν ἐλπίδα φαιδρότατην.

Ὅττε γὰρ αἰθριγενεῖς Διδύμων ταύτησιν ἔλαμψαν

Ἀσέρες, ἄρχονται ῥεῖα φυγεῖν ἄνεμοι.

Εἰσ τά ἀυτά

ἘΝΝΕΠΕ τίς πέλεται παιδίσκιον, ὃυγ᾽ ἁπάλησι

Παίζει χερσὶν ἔλων ἡδύ τε μειδιάσασ

Ἀσεροπάς τε Διὸς καὶ παμφανόωντα κεραυνον,

Καὶ Κύπριδος κεστὸν, καὶ χαρίεντα βέλη ;

Αἰμὲν Ἴδης βροντὴν, ἔμεναι φαίης Διόγνητον·

Αἰ δὲ βέλη, ῥοδινὸς δόξεται ἧμεν Ἔρως.

SUR LA NAISSANCE

DE MONSEIGNEUR

LE DAUPHIN.

Un Dauphin vient de naître. O ma Patrie ! prends confiance, & livre-toi à l'efpoir de la paix. Lorfque les feux fecourables de Caftor & de Pollux brillent aux yeux des Matelots, les Vents orageux ceffent d'agiter la Mer.

SUR LE MÉME SUJET.

Quel eft cet Enfant au doux fourire, dont les mains délicates fe jouent avec la Foudre de Jupiter, avec la Ceinture de Venus & les Traits de fon Fils ? A en juger par la Foudre, c'eft un Fils de Jupiter ; à ne voir que fes Fleches, c'eft le gracieux Amour.

Par M. Noel, Profeffeur au Collége de Louis-le-Grand.

Typis mandetur aio Rector, die Januarii duodecimâ 1782.
CHARBONNET.

De l'Imprimerie de la veuve Thiboust, Imprimeur du Roi, place de Cambrai, à Paris.

www.ingramcontent.com/pod-product-compliance
Lightning Source LLC
Chambersburg PA
CBHW061744180626

46818CB00006B/2750